Tŷ Budr
Mwydod!

DAVID ROBERTS · ALAN MACDONALD
Addasiad Gwenno Mair Davies

Gomer

Cynnwys

PENNOD 1

Roedd hi'n fore dydd Llun, ac roedd Tudur yn bwyta'i frecwast.

'Tudur, paid â gwneud hynna!' meddai ei fam, gan godi ei phen i edrych arno.

'Gwneud be?' gofynnodd Tudur.

'Gadael i Chwiffiwr lyfu dy lwy di. Mi welais i ti!'

'Mae o'n llwglyd!' meddai Tudur.

Tudur Budr

'Dim ots gen i,' ochneidiodd Mam. 'Mae o'n fudr, Tudur.'

Edrychodd Tudur ar ei lwy yn ofalus cyn ei llyfu. Roedd hi'n edrych yn ddigon glân iddo fo.

Ar hynny, clywodd y post yn taro'r llawr wrth y drws. Neidiodd i lawr oddi wrth y bwrdd a sgidio ar hyd y cyntedd. Doedd Tudur byth yn cael llythyr, ond teimlai'n gyffrous pan oedd y postman yn galw. Aeth drwy'r bwndel. Dad, Mam, Mam, Dad, diflas, diflas . . . aros funud!

Roedd yna un llythyr gyda'i enw o wedi'i ysgrifennu arno!

I Tudur

Tudur Budr

Taranodd Tudur i mewn i'r gegin. 'Dwi wedi cael llythyr!' Rhwygodd yr amlen ar agor. O edrych ar yr addurniadau ar y cerdyn, roedd hi'n amlwg beth oedd o. Gwahoddiad i barti!

Roedd Tudur wrth ei fodd gyda phartïon pen-blwydd – roedd o wrth ei fodd gyda'r gêmau, y gacen a'r bagiau parti. Y llynedd, fe gafodd o barti ci, a daeth pawb yno wedi'u gwisgo fel cŵn. Roedd o wedi gofyn am gael bisgedi cŵn i'w bwyta i de, ond doedd ei fam ddim yn fodlon ar hynny.

Edrychodd Mam ar y gwahoddiad.

'O hyfryd, Tudur! Mae Arianrhod wedi dy wahodd di i'w pharti hi.'

'Arianrhod?' meddai Tudur, a'i wên yn prysur ddiflannu. 'Ddim Arianrhod Arianrhod?'

'Ia. Arianrhod drws nesa.'

'Dy gariad! Dy gariad!' canodd ei chwaer fawr, Siwsi.

Tudur Budr

Cipiodd Tudur y gwahoddiad a darllen y neges oedd ynddo.

Rhythodd Tudur arno'n gegagored.

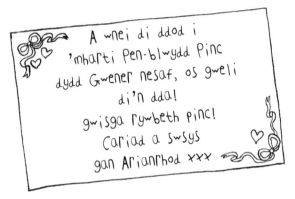

A wnei di ddod i 'mharti Pen-blwydd Pinc dydd Gwener nesaf, os gweli di'n dda!
gwisga rywbeth pinc!
Cariad a swsys
gan Arianrhod xxx

Gwyrodd ei gorff cyfan mewn siom. Roedd Arianrhod Melys yn byw drws nesa, ac roedd hi bron iawn yn chwe blwydd oed. Roedd ganddi wallt golau, syth, bochau cochion a llygaid mawr gleision. Ac ar ben pob dim, roedd hi mewn cariad gyda Tudur. Roedd hi'n ei ddilyn o gwmpas i bobman fel cysgod.

Doedd o ddim eisiau mynd i barti Arianrhod, a doedd o'n bendant ddim eisiau

Tudur Budr

mynd i unrhyw barti lle roedd rhaid gwisgo pinc. Brown oedd hoff liw Tudur. Roedd mwd yn frown, roedd ewinedd yn frown, roedd pŵ yn frown. Rubanau, sgidiau dawnsio bale a chandi-fflos oedd yn binc.

'Does dim rhaid i mi fynd, yn nagoes?' holodd Tudur.

'Trwyn, Tudur!' meddai Mam.

Tynnodd Tudur ei fys o'i drwyn.

'Mae Arianrhod wedi dy wahodd di,' meddai Mam. 'Sut fyddet ti'n teimlo petait ti wedi rhoi gwahoddiad i Arianrhod a hithau ddim yn dod?'

'Mi fuaswn i'n falch,' meddai Tudur yn ddiflewyn-ar-dafod.

'Parti ydi o, Tudur. Rwyt ti wrth dy fodd mewn partïon,' meddai Mam.

'Ac rwyt ti wrth dy fodd hefo Arianrhod!' Roedd Siwsi yn dal i'w herian.

Anwybyddodd Tudur hi. 'Mi fydd o'n ofnadwy. Mi fyddan nhw i gyd eisiau chwarae

11

Tudur Budr

tywysogesau. Fedri di ddim deud bod yn rhaid i mi fynd at y deintydd?'

Edrychodd Mam arno. 'Ond celwydd fyddai hynny, yntê Tudur?'

'Mam! Merched fyddan nhw i gyd,' cwynodd Tudur. 'Fi fydd yr unig fachgen yno!'

'Dwi'n siŵr y cei di hwyl yno. Rŵan, rydw i'n hwyr i'r gwaith.' Rhoddodd gusan iddo a brysio allan trwy'r drws. Syrthiodd Tudur yn swp i'r gadair, a llyncu mul.

Parti pinc gydag Arianrhod angylaidd a'i ffrindiau – fedrai o ddim meddwl am ddim byd gwaeth.

PENNOD 2

Drannoeth, clywodd Tudur Mrs Melys yn
siarad am y parti gyda'i fam. Roedd o'n union
fel yr oedd o wedi'i ofni. Fo oedd yr unig
fachgen oedd wedi derbyn gwahoddiad – y fo
a chwech o ffrindiau Arianrhod. 'Mae
Arianrhod mor gyffrous fod Tudur yn dod,'
meddai Mrs Melys. 'Rydw i wedi dotio at y ffaith
ei bod hi wedi gwahodd ei chariad bach hi.'

13

Tudur Budr

Bu bron i Tudur chwydu yn y fan a'r lle.
Cariad? Ych a fi! Doedd o ddim yn gariad i
Arianrhod! Petai ei ffrindiau'n clywed am y
parti yma, bydden nhw'n siŵr o dynnu ei
goes am wythnosau. Doedd o ddim am fynd,
a dyna ni. Os nad oedd ei fam am feddwl am
esgus, yna mi fyddai'n rhaid iddo greu un ei
hun. Roedd Tudur yn hen law ar greu
cynlluniau cyfrwys.

Yn ei lofft chwiliodd o dan ei wely am
y bocs esgidiau oedd yn dal ei holl eiddo
cyfrinachol.

Tudur Budr

Estynnodd am lyfr nodiadau a dechrau ysgrifennu rhestr:

Esgusodion briliant dros beidio â
   mynd i barti.

1. Crocodeil wedi brathu 'mhen i ffwrdd, a dydw i ddim yn siarad hefo neb.

2. Wedi dal afiechyd anghyffredin o'r enw parti-aitis ac mae 'nghroen i'n smotiau i gyd.

3. Wedi cael bîns i frecwast, cinio a swper. A dwi'n meddwl eich bod chi'n gwybod be ma' hynny'n ei olygu.

4. Dwi wedi colli fy nghof.
      Pa barti?

Tudur Budr

Darllenodd Tudur y rhestr unwaith eto. Mi ddylai 'Esgus Briliant Rhif 4' weithio i'r dim. Rŵan, y cyfan oedd angen iddo'i wneud oedd siarad gydag Arianrhod, a cheisio'i thwyllo hi i'w gredu. Yna mi fyddai popeth yn iawn. Dim parti ponslyd pinc iddo fo.

Cafodd Tudur ei gyfle yn ystod amser cinio dydd Mercher. Roedd o'n bwyta'i ginio gyda'i ffrindiau Darren ac Eifion. Roedden nhw'n brysur yn fflicio pys i gyfeiriad y bwrdd drws nesaf, er mwyn gweld a allen nhw gael pysen i lawr cefn siwmper Dyfan-Gwybod-y-Cyfan.

'Helô, Tudur!' meddai Arianrhod, gan ymddangos o unlle.

Edrychodd Tudur arni â golwg ddryslyd ar ei wyneb. 'Pwy wyt ti?' gofynnodd.

Giglodd Arianrhod. 'Rwyt ti'n ddoniol, Tudur! Gefaist ti'r gwahoddiad? Rwyt ti'n dod i 'mharti i, yn dwyt ti?'

Tudur Budr

Crychodd Tudur ei dalcen. 'Parti? Pa barti?'

'Tudur, y ffŵl gwirion! Ti'n gwybod, y parti pinc!'

'Parti PINC? Ha ha!' chwarddodd Darren.

Winciodd Tudur yn slei ar Darren. 'Sori, dwi'm yn cofio neb yn sôn am unrhyw barti,' dywedodd wrth Arianrhod. 'Dwi wedi colli nghof, ti'n gweld.'

'Waw!' meddai Arianrhod. 'Sut?'

'Dyna ydi'r peth, dydw i ddim yn cofio. Mae'n rhaid mod i wedi cael cnoc ar fy mhen.'

'O, Tudur druan!' meddai Arianrhod yn llawn tosturi.

Edrychodd Eifion a Darren ar ei gilydd. 'Tudur druan!' medden nhw, gan ddynwared Arianrhod.

Gosododd Arianrhod ci llaw ar un Tudur. Tynnodd Tudur ei law ato'n gyflym.

'Paid â phoeni,' meddai Arianrhod. 'Mae'r parti yn fy nhŷ i ddydd Gwener. Rydym ni'n cael castell bownsio.'

Tudur Budr

'Mwynha dy ddiwrnod,' meddai Tudur, gan lwytho mwy o bys ar ei lwy.

Stampiodd Arianrhod ei throed.

'Mae'n rhaid i ti ddod, Tudur. Mae Lora a Myfanwy'n dod. Rydw i wedi dweud wrthyn nhw dy fod di'n gariad i mi.'

Tudur Budr

Brathodd Eifion ei wefus isaf a suddo'n ddyfnach yn ei sedd i'w arbed ei hun rhag chwerthin. Rhythodd Tudur yn fanwl ar Arianrhod, fel petai hi'n edrych yn gyfarwydd iddo rywsut. 'Sori? Beth ddywedaist ti oedd dy enw di?'

Gwylltiodd Arianrhod a dechrau nadu crio, cyn brasgamu oddi wrth y bwrdd. Rhoddodd Tudur ochenaid ddofn o ryddhad. Cael a chael oedd hi ond roedd o bron yn siŵr ei fod wedi dod trwyddi'n iawn.

Y noson honno galwodd Mrs Melys i weld ei fam. Synhwyrodd Tudur fod hynny'n debygol o arwain at drwbwl, felly aeth i guddio yn ei ystafell wely. Ond cyn gynted ag y cacodd y drws ffrynt, daeth bloedd o lawr grisiau.

'TUDUR! Tyrd lawr i fan'ma! Y funud 'ma!'

Yn araf a thrwy gymryd un gris ar y tro, aeth Tudur i lawr y grisiau.

19

Tudur Budr

'Reit,' meddai Mam. 'Beth ydi hyn amdanat ti'n colli dy gof?'

Syllodd Tudur ar ei draed. 'Ym . . . ia. Weithiau, dwi'n ym . . . anghofio pethau.'

'Go iawn? Felly dwyt ti ddim yn cofio gwahoddiad Arianrhod?'

Crychodd Tudur ei dalcen. 'Pa wahoddiad?' gofynnodd.

Plethodd Mam ei breichiau. 'Dyna hen dro. Mae'n debyg nad wyt ti'n cofio dim byd am y ffilm roeddet ti eisiau ei gweld chwaith?'

Roedd Tudur yn cofio'n iawn am y ffilm honno. 'Yr un am y môr-ladron?' meddai.

'A, felly mae dy gof di *yn* gweithio,' meddai Mam.

'Dwi'n . . . ym . . . cofio rhai pethau. Ond yn anghofio pethau eraill.'

'Hmm,' meddai Mam. 'Wel, paid â phoeni achos rydw i wedi rhoi cylch mawr coch ar y

Tudur Budr

calendr i ddangos pryd mae'r parti.' Pwyntiodd
at ddydd Gwener yr 8fed. 'A Tudur ...'

'Ia?'

'Wna *i* ddim anghofio.'

Llusgodd Tudur ei draed wrth gerdded o'r
gegin. Roedd o'n gwybod pan oedd o wedi
cael ei guro.

PENNOD 3

Aeth dydd Iau heibio fel y gwynt. Daeth dydd
Gwener. Ar ôl ysgol aeth Tudur i'w ystafell
wely i chwarae gydag Arthur, ei fwydyn dof.
Roedd Tudur yn ei gadw mewn bowlen
pysgodyn aur oedd wedi'i llenwi â mwd a dail
gyda sowldiwr plastig i gadw cwmni iddo.
Roedd o'n trio hyfforddi Arthur i ddod ato pan
fyddai'n galw'i enw. 'Arthur! Arthur!' galwodd.

Tudur Budr

'Tudur!' galwodd Mam o lawr grisiau.

'Aros am funud!' gwaeddodd Tudur. Cuddiodd y bowlen o dan y gwely. Doedd ei fam ddim yn gwybod am Arthur eto. Ychydig eiliadau wedyn, gwthiodd ei phen heibio'r drws.

'Tyrd yn dy flaen, Tudur! Mi fyddi di'n hwyr i'r parti.'

'Pa barti?'

'Dydi hynny ddim yn mynd i weithio,' meddai Mam.

'Ond . . . ond . . . does gen i ddim anrheg,' meddai Tudur, yn ceisio meddwl am unrhyw reswm dros beidio â gorfod mynd.

Cododd Mam ddau focs. 'Y ddol neu'r paent peintio wyneb?' meddai.

'Paent peintio wyneb,' meddai Tudur yn drist. Doedd o'n bendant ddim am ddangos ei wyneb yn dal dol.

'O, a dwi wedi prynu hwn i ti ei wisgo.' Estynnodd Mam grys-T newydd sbon iddo.

Tudur Budr

'Ych a fi!' meddai Tudur. 'Mae o'n binc. Fedra i ddim gwisgo hwnna!'

'Paid â bod yn wirion, Tudur, mae o'n barti pinc. Rŵan, brysia i wisgo amdanat.' Diflannodd Mam, a'i adael gyda'r peth pinc erchyll.

Estynnodd Tudur am Arthur oddi tan y gwely. Daliodd y crys-T o'i flaen ac edrych yn y drych.

'Beth wyt ti'n feddwl, Arthur?' gofynnodd. 'Ych a fi neu be?'

Tudur Budr

Yn sydyn cafodd Tudur y syniad mwyaf anhygoel. Roedd y gwahoddiad yn dweud bod angen gwisgo rhywbeth pinc. Wel, roedd mwydyn yn binc, yn doedd? Gallai fynd i'r parti wedi'i wisgo fel mwydyn! Y cyfan oedd ei angen arno i'w wisgo oedd rhywbeth pinc oedd yn debyg i fwydyn.

Sleifiodd Tudur i ystafell wely ei rieni ar flaenau ei draed. Doedd o ddim i fod i fynd i mewn yno o gwbl, ddim ers iddo ddefnyddio persawr gorau Mam i wneud bomiau drewllyd.

Agorodd y cwpwrdd a dechrau tynnu llond ei freichiau o ddillad allan ohono. Doedd yna ddim byd pinc yno. Ond yna – bingo! – sylwodd ar rywbeth ar ben y cwpwrdd. Sach gysgu Siwsi! Un binc lachar oedd hi, gyda chwfl oedd yn cau'n gynnes am eich pen – perffaith ar gyfer bod yn fwydyn. Ond roedd angen un peth bach arall arni.

Tudur Budr

Ddeng munud yn ddiweddarach, daeth mam Tudur o hyd iddo yn yr ardd gefn.

'O, Tudur! Na, Tudur!' cwynodd.

'Be?' meddai Tudur.

'Rwyt ti'n fudr. Edrycha arnat ti dy hun!'

Sgrialodd Tudur ar ei draed ac astudio'i wisg yn ofalus. Roedd hi'n drawiadol o fudr – ond dyna oedd holl bwrpas rholio o amgylch yn y gwely blodau.

Tudur Budr

'Mae mwydod i fod yn fwdlyd,' eglurodd. 'Maen nhw'n byw o dan y ddaear.'

'Tudur! Fe wnes i ofyn i ti newid ar gyfer y parti!'

'Dwi wedi newid. Roedd y gwahoddiad yn dweud am wisgo pinc, felly dwi'n mynd fel mwydyn.'

Edrychodd Mam arno'n fanylach. 'Beth ydi hwnna?' gofynnodd. 'Sach gysgu Siwsi ydi hi?'

'Ia!' gwenodd Tudur. 'Mae hi'n berffaith!'

Roedd y sach gysgu fwdlyd yn gorchuddio Tudur o'i gorun i'w sawdl, gan adael dim ond ei wyneb budr yn sbecian allan ohoni.

Eisteddodd Mam ar y wal, gan roi ei phen yn ei dwylo.

'Tudur, fedri di ddim mynd fel'na.'

'Pam ddim?' meddai Tudur. 'Mac o'n binc. Fydd neb arall yn mynd yno fel mwydyn.'

'Na fydd,' ochneidiodd Mam yn flinedig. 'Go brin, wir.'

PENNOD 4

Roedd drws ffrynt Arianrhod wedi'i
orchuddio â balŵns pinc. Cerddodd Mam i
fyny'r llwybr gyda Tudur yn hopian ar ei hôl, a
chanu'r gloch. Daeth Mrs Melys at y drws.

    'Helô!' meddai, ac yna, 'Nefoedd yr adar!'
wrth iddi daro ei llygaid ar Tudur.

    'Mwydyn ydw i,' eglurodd Tudur.

Tudur Budr

'Am . . . ym . . . hyfryd, Tudur,' meddai Mrs Melys. 'Tyrd i mewn.'

Neidiodd Tudur ar hyd y cyntedd, gan wasgaru pridd dros y carped wrth wneud.

Roedd y rhan fwyaf o ffrindiau Arianrhod wedi dod fel tywysogesau neu dylwyth teg. Roedd y parlwr yn fôr o dwtws pinc.

'Rwyt ti wedi cyrraedd, Tudur!' meddai Arianrhod, gan redeg tuag ato. 'Rydw i'n dylwythen deg. Edrycha, mae gen i adenydd!'

'Rydw i'n fwydyn,' meddai Tudur. 'Mae gen i anrheg i ti.'

Ymddangosodd braich o'r sach gysgu'n gafael mewn bwndel blêr. Rhwygodd Arianrhod y papur lapio. 'Diolch!' canodd, gan ollwng y paent peintio wyneb ar y pentwr mawr o anrhegion. Syllodd Tudur arnynt yn hiraethus.

'Beth am chwarae gêm?' gofynnodd Mrs Melys.

Tudur Budr

'Pwy sydd eisiau chwarae Delwau'n Dawnsio?'

'Fi! Fi!' bloeddiodd y tylwyth teg a'r tywysogesau'n un côr.

Chwaraewyd y gerddoriaeth a dechreuodd y merched ddawnsio o amgylch yr ystafell.

'Dydi Tudur ddim yn dawnsio!' cwynodd Arianrhod.

'Ydw, mi rydw i,' meddai Tudur. 'Dyma sut mae mwydyn yn dawnsio!'

Gorweddodd Tudur ar ei hyd ar lawr, a rholio drosodd a throsodd nes bod yn rhaid i'r tylwyth teg neidio drosto. Stopiodd y gerddoriaeth yn sydyn.

Tudur Budr

'Delwau, pawb! Pawb i sefyll yn llonydd fel delw!' galwodd Mrs Melys. Roedd y tylwyth teg a'r tywysogesau'n ddelwau sigledig. Ond doedd Tudur, oedd yn teimlo braidd yn boeth a chwil erbyn hyn, ddim wedi bod yn gwrando. Fe barhaodd i rolio . . . a tharo un o'r tylwyth teg.

Siglodd Lora gan syrthio ar ben Arianrhod . . . siglodd Arianrhod a syrthio ar ben Myfanwy a Cari . . .

Yn fuan iawn wedyn roedd y delwau i gyd wedi disgyn yn bendramwnwgl yn un pentwr. Rholiodd Tudur yn ei flaen, a stopio wrth draed Mrs Melys. 'Ydw i wedi ennill?' gofynnodd.

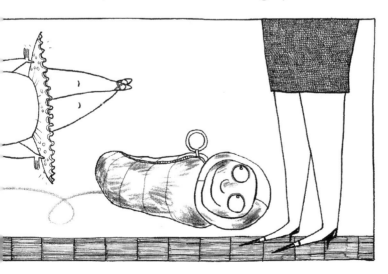

Tudur Budr

Roedd y te parti yn binc. Bisgedi pinc, hufen iâ pinc a chacen ben-blwydd binc oedd wedi'i thorri'n siâp calon. Bwytaodd Tudur fel mae pob mwydyn yn bwyta, drwy lyfu ei fwyd oddi ar ei blât.

'Tudur, os gweli di'n dda a wnei di fwyta'n daclus,' ochneidiodd Mrs Melys.

'Sori,' atebodd Tudur. 'Does gan fwydod

Tudur Budr

mo'r help. Tydyn nhw ddim yn gwybod sut i ymddwyn wrth y bwrdd bwyd.'

Pan ddaeth y te i ben, edrychodd Mrs Melys ar yr holl lanast ar y llawr. Roedd y rhan fwyaf ohono o dan gadair Tudur.

'Gawn ni fynd ar y castell bownsio rŵan?' gofynnodd Tudur, gan dynnu ar ei llawes.

'Mewn munud, Tudur!' meddai Mrs Melys. 'Arianrhod, beth am i ti fynd â phawb i'r parlwr i chwarae gyda dy bresantau?'

Tra oedd ffrindiau Arianrhod yn chwarae gyda'i Merlod Bach Medrus, llygadodd Tudur y paent peintio wyneb. Efallai y byddai'n trio un ohonynt? Estynnodd un fraich allan o'r sach gysgu, a dewis y paent du. Peintiodd ei ên ac edrych yn y drych. Yna peintiodd ei fochau. Ffallai y gallai droi ei hun yn ddraciwla, neu'n ysbryd? Neu'n well fyth . . .

Roedd o mor brysur fel na sylweddolodd fod yr ystafell wedi mynd yn ddistaw.

Tudur Budr

Tudur Budr

'O Tudur!' meddai Arianrhod.

'A,' meddai Tudur, 'doeddwn i ddim ond yn ... ym ... eu benthyg nhw.'

'Beth wyt ti wedi'i wneud i dy wyneb?'

'Dwi'n falwen ddu,' meddai Tudur.

'Fe wnes di ddweud mai mwydyn oeddet ti.'

'Dyna beth oeddwn i, ond rŵan dwi'n falwen ddi. Dwi'n falwen ddu fawr, hyll.'

Llithrodd ar hyd y llawr gan wneud sŵn llysnafeddog. Sgrechiodd ffrindiau Arianrhod, a rhedeg i guddio y tu ôl i'r llenni. Cymerodd Arianrhod sbec drwy'r llenni, a'i llygaid yn disgleirio. 'Gwna fi'n falwen ddu hefyd, Tudur,' plediodd arno.

Roedd Mrs Melys yn brysur yn clirio pan ganodd cloch y drws. Diolch byth ei fod drosodd am flwyddyn arall. Aeth i agor y drws.

Tudur Budr

Safai mam Tudur ar garreg y drws gyda thri rhiant arall.

'Dwi'n gobeithio'n wir fod Tudur wedi bihafio'i hun,' meddai.

'O do,' meddai Mrs Melys. 'Mae o'n fachgen mor ... fywiog.' Arweiniodd hi'r rhieni drwy'r tŷ i'r ardd gefn. 'Maen nhw i gyd yn chwarae fan hyn,' meddai. 'Mae Arianrhod wedi cael diwrnod penigamp. Maen nhw i gyd wedi bod mor dda ...'

Rhewodd Mrs Melys yn y fan a'r lle. Roedd yna wyth o blant yn neidio ar y castell bownsio. Ond roedd y tywysogesau a'r tylwyth teg oedd wedi heidio i'r parti wedi diflannu. Yn eu lle roedd yna angenfilod gwyrdd, hyll mewn twtws budr, yn edrych fel eu bod wedi llusgo'u hunain allan o gors.

Yn eu canol roedd Tudur, yn neidio ac yn bloeddio.

Tudur Budr

Tudur Budr

'Edrych, Mam!' canodd Arianrhod. 'Dwi'n lindysen lipa! Tudur wnaeth o!'

Edrychodd Mrs Melys ar fam Tudur. Edrychodd y rhieni eraill ar fam Tudur. Edrychodd mam Tudur ar Tudur.

'Beth?' meddai Tudur.

Yn ôl yn ei ystafell wely, roedd Tudur yn falch o gael bod 'nôl yng nghwmni Arthur. Yn bersonol, doedd o ddim yn siŵr iawn pam fod pawb wedi gwneud cymaint o ffws. Beth oedd y pwynt o rhoi paent peintio wyneb i rywun os nad oeddent yn cael eu defnyddio nhw?

'Beth bynnag,' dywedodd wrth Arthur gyda gwên ar ei wyneb. 'Dwi ddim yn meddwl y bydda i'n cael gwahoddiad i fynd i barti pen-blwydd Arianrhod y flwyddyn nesaf.'

Meddyliodd am y peth. A dweud y gwir, yn y diwedd doedd pethau ddim mor ddrwg ag yr oedd o wedi'i ddychmygu.

Tudur Budr

Rhoddodd ei law yn ei boced ac estyn am rywbeth pinc a blasus.

'Edrycha, Arthur!' meddai. 'Fe wnes i gadw darn o gacen yn arbennig i ti!'

CWRTEISI!

PENNOD 1

Doedd gan Tudur ddim syniad sut i ymddwyn yn fonheddig. Roedd ei deulu yn gwybod hynny'n iawn. Roedd o'n aflonydd, yn aflan ac yn siarad gyda'i geg yn llawn. Roedd o'n snwffian ac yn slyrpian, yn torri gwynt ac yn pigo'i drwyn.

'Tudur, ble mae dy hances boced di?'

'Tudur, tynna dy benelin oddi ar y bwrdd bwyd!'

Tudur Budr

'Tudur, paid â chyffwrdd hwnna, mae o'n fudr!' cwynai ei rieni ddydd ar ôl dydd.

Doedd gan Tudur ddim syniad pam. Doedd anifeiliaid ddim yn cael cymaint o helynt â hyn. Oedd moch a chŵn yn gorfod ymddwyn yn barchus? Pan oedd Chwiffiwr yn codi'i goes ac yn pi-pi ar y goeden, doedd neb yn poeni rhyw lawer. Ac eto, petai Tudur yn gwneud yr un peth, byddai ei fam yn siŵr o lewygu yn y fan a'r lle.

Roedd ymddwyn yn barchus yn wastraff amser llwyr. Ond roedd hynny cyn iddo glywed am y gystadleuaeth.

Y brifathrawes, Miss Prydderch, a gyhoeddodd y wobr yn y gwasanaeth un bore.

'A oes unrhyw un yn gwybod pa ddiwrnod ydi hi yfory?' gofynnodd. Crwydrodd ei llygaid ar hyd wynebau'r disgyblion a stopio wrth

Tudur Budr

iddi edrych ar Tudur, oedd yn croesi'i lygaid ac yn ceisio gwneud i Darren chwerthin.

'Tudur!' dywedodd hi.

'Ym . . . ia, Miss?'

'Wyt ti'n gwybod pa ddiwrnod ydi hi yfory?'

Meddyliodd Tudur. 'Dydd Mawrth?' meddai.

Wnaeth Miss Prydderch ddim ymateb, dim ond dweud, 'Yfory mae hi'n Ddiwrnod Rhyngwladol Cwrteisi. Mae'n ddiwrnod pan ddylem ni ymddwyn yn arbennig o fonheddig tuag at eraill. Mae Miss Cymen o'r llyfrgell wedi cytuno i ddod draw i roi gwobr arbennig iawn i'r plentyn mwyaf cwrtais a bonheddig yn yr ysgol.

'Hy! Gwobr arbennig, wir!' meddai Tudur wrth Darren ar y ffordd yn ôl i'r dosbarth. 'Mi fetia i mai hen lyfr diflas fydd o.'

'Naci, fel mae'n digwydd,' meddai llais main y tu ôl iddynt. Dyfan Gwybod-y-Cyfan oedd yno, gelyn pennaf Tudur.

Tudur Budr

Tudur Budr

'Sut wyt ti'n gwybod?' gofynnodd Tudur.

'Achos mi glywais i Miss Prydderch yn dweud wrth Miss Jones,' meddai Dyfan, yn edrych yn falch iawn o'i hun. 'Fe ddywedodd hi fod y tocynnau wedi cyrraedd bore 'ma.'

'Tocynnau ar gyfer beth?' holodd Darren.

'Dwi'm yn dweud!' gwawdiodd Dyfan (nad oedd am ddweud am nad oedd o'n gwybod ei hun).

'Fetia i mai tocynnau gêm bêl-droed ydyn nhw!' meddai Darren.

'Neu docynnau i'r sinema,' meddai Dona.

'Neu docynnau i MAnhrefn Mawr,' meddai Tudur, â'i lygaid yn disgleirio. MAnhrefn Mawr oedd y parc antur gorau yn y byd ac roedd o wedi bod yn ysu am gael mynd yno ers oesoedd.

'Beth bynnag ydyn nhw,' meddai Dyfan â thôn hyderus yn ei lais. 'Rydw i'n siŵr o ennill. Mae Mami wedi dweud wrtha i fy mod i'n ŵr bach bonheddig iawn.'

Tudur Budr

'Bechod bod dy wyneb di mor hyll,' mwmialodd Tudur.

Wnaeth Tudur ddim byd ond meddwl am y wobr am weddill y dydd. Roedd o bron yn siŵr mai tocynnau ar gyfer MAnhrefn Mawr oedden nhw ac wedi penderfynu ei fod o am eu hennill nhw. Hyd yn oed os oedd hynny'n golygu y byddai'n rhaid iddo fod yn gwrtais am ddiwrnod cyfan. Wedi'r cyfan, pa mor anodd gallai hynny fod?

PENNOD 2

Drannoeth, neidiodd Tudur o'i wely. Heddiw oedd Diwrnod Rhyngwladol Cwrteisi – y diwrnod yr oedd o am ennill y wobr fawr. Wrth iddo gamu o'i ystafell wely, daeth ar draws ei fam a oedd ar ei ffordd 'nôl o'r ystafell ymolchi.

'Bore da, Mam,' meddai. 'Yntydi hi'n fore braf?'

Edrychodd ei fam arno'n amheus. 'Beth wyt ti wedi'i wneud, Tudur?'

Tudur Budr

'Dydw i ddim wedi gwneud dim byd,' meddai Tudur. 'Dim ond bod yn gwrtais.'

Lawr grisiau, yn y gegin roedd Dad a Siwsi'n bwyta brecwast.

'Bore da!' cyfarchodd Tudur nhw'n siriol, wrth iddo eistedd i lawr.

Tywalltodd bowlaid o'r Grawnfwyd Grêt iddo'i hun, a chlirio'i wddw. 'Hm. A fyddet ti mor garedig â phasio'r llefrith i mi os gweli di'n dda, Siwsi?'

Syllodd Siwsi arno'n syn. 'Pam wyt ti'n siarad yn wirion hefo fi?'

'Dydw i ddim yn siarad yn wirion hefo ti, diolch. Bod yn gwrtais ydw i.'

Tywalltodd Tudur lefrith i'w bowlen heb golli diferyn, a sugno'r Grawnfwyd Grêt fel nad oeddent yn gwneud sŵn. Hyd yn oed pan ollyngodd ei lwy i'r llawr, gofalodd ei sychu yn ei siwmper cyn ei rhoi yn ei geg.

Tudur Budr

'Efallai y bydda i'n ennill gwobr heddiw,' cyhoeddodd.

Cododd Dad ei ben. 'Mmmm? Pa fath o wobr?'

'Am fod yn gwrtais,' meddai Tudur. 'Mae hi'n Ddiwrnod Rhyngwladol Cwrteisi ac maen nhw'n rhoi gwobr i'r disgybl mwyaf cwrtais.'

'Ti? Cwrtais? HA!' chwarddodd Siwsi.

'Rydw i'n fwy cwrtais na ti, yr hen hwch.'

'Trwyn, Tudur,' meddai Dad. 'Ble mae dy hances boced di?'

Estynnodd Tudur am hances fochaidd o'i boced a sychu ei drwyn. Syrthiodd rhywbeth allan ohoni a disgyn gyda phlop i'r bowlen siwgr.

'Ych a fi!' sgrechiodd Siwsi. 'Beth yn y byd ydi hwnna?'

49

Tudur Budr

'Dim ond Prys ydi o. Wnaiff o mo dy frifo di,' meddai Tudur, gan godi'r pry rhwng ei fys a'i fawd.

'Tudur! Pry wedi marw ydi o!' meddai Dad.

'Dwi'n gwybod,' atebodd Tudur. 'Paid â phoeni, dwi'n mynd i'w gladdu o.'

Tudur Budr

Roedd Tudur wedi dod o hyd i Prys yn gorwedd ar ei silff ffenestr. Roedd o wedi penderfynu ei gladdu o dan y goeden afalau. Chwythodd arno i gael gwared ar y siwgr oedd wedi glynu wrth ei adenydd.

'Rho fo i gadw!' meddai Dad. 'Mae o'n afiach!'

Ochneidiodd Tudur a lapio Prys yn ofalus yn ei hances. Roedd o am ei gladdu ar ôl ysgol. Byddai'n amhosibl iddo ennill y wobr, tybiodd. Roedd o wedi gwneud ei orau glas i fod yn gwrtais a'r cyfan a gafodd am ei ymdrech oedd pobl yn gweiddi arno.

PENNOD 3

Safai Miss Cymen o flaen y dosbarth. Roedd
hi'n dal ac yn denau. Roedd ei sbectol yn crogi
ar ddarn o gortyn o amgylch ei gwddw. Tybiai
Tudur ei bod hi o leiaf yn gan mlwydd oed.
Roedd o wedi gweld Miss Cymen yn y llyfrgell,
yn sefyll y tu ôl i ddesg ac yn stampio llyfrau
pobl. Roedd o'n gobeithio na fyddai hi'n ei
gofio fo. Y tro diwethaf iddo fod yn y llyfrgell

Tudur Budr

roedd Chwiffiwr wedi gwneud rhywbeth yn
y gornel stori ac roedd yn rhaid iddynt adael
ar frys.

'Dyma Miss Cymen,' meddai Miss Jones.
'Rydw i'n gobeithio ein bod ni i gyd yn mynd i
ddangos iddi pa mor fonheddig yr ydym ni'n
gallu bod.' Bwrodd ei golwg dros y plant yn ei
dosbarth, pawb yn eistedd â'u cefnau'n syth
ac yn talu sylw am unwaith. Doedd hyd yn
oed Tudur ddim yn gwingo yn ei gadair nac
yn gwthio pensil i fyny ei drwyn.

Siaradodd Miss Cymen gyda'r dosbarth am
bwysigrwydd cwrteisi. Ceisiodd Tudur ei orau
i wrando ond roedd hi'n anodd stopio'i
feddwl rhag crwydro. Roedd o'n dychmygu ei
hun yn gwibio ar hyd Taith Tyngedfennol yn
MAnhrefn Mawr.

'Rŵan,' meddai Miss Jones. 'Pwy fyddai'n
hoffi tywys ein hymwelydd o amgylch yr
ysgol? Beth am i ni gael dau wirfoddolwr?'

Tudur Budr

Saethodd llaw Tudur i fyny i'r awyr. Dyma'i gyfle i ddangos i Miss Cymen pa mor gwrtais y gallai fod. Yn anffodus, roedd gan bawb arall yn y dosbarth yr un syniad ag o. Roedd yna dri deg disgybl yn eistedd ar flaen eu seddau ac yn chwifio'u dwylo yn yr awyr, 'Miss! O, Miss! Plîs, Miss!'

Tudur Budr

Pwyntiodd Miss Jones. 'Dyfan. Rydw i'n siŵr y gwnei di edrych ar ôl ein hymwelydd.'

Ni fedrai Tudur gredu ei glustiau. Ddim Dyfan-Gwybod-y-Cyfan – pam oedd o'n cael ei ddewis bob tro? Dim ond am ei fod o wedi gwneud cerdyn pen-blwydd i Miss Jones. Doedd bywyd ddim yn deg – doedd Tudur byth yn cael ei ddewis ar gyfer gwneud dim byd.

Oedodd Miss Jones. Roedd hi eisiau rhywun arall a fyddai'n gwrtais a dibynadwy.

'Miss, ooooo, Miss! Fi, Miss!'

'Beth am y bachgen acw sydd yn eistedd yn dawel yng nghefn y dosbarth?' awgrymodd Miss Cymen.

'O,' meddai Miss Jones. 'Ddim Tudur?'

Cododd Tudur ei ben, roedd o wedi bod yn synfyfyrio. 'Fi?' meddai.

Tudur Budr

Cerddodd Miss Cymen ar hyd y coridor, gan edmygu'r lluniau ar y waliau.

'Fi wnaeth hwn,' meddai Dyfan, gan bwyntio at lun llachar o'r haul yn machlud.

'A fi wnaeth hwn,' meddai Tudur, gan bwyntio at smonach o baent gwyrdd ar bapur. 'Anghenfil o blaned arall ydi o. A dyna'i ginio fo y tu mewn iddo.'

'A,' meddai Miss Cymen. 'Gwahanol iawn. Oes gennym ni hances boced, Tudur?'

'O oes. Esgusodwch fi,' meddai Tudur. Estynnodd am ei hances a'i chynnig i Miss Cymen.

'Na, hances i ti oeddwn i'n ei feddwl. Mae eisiau sychu dy drwyn!'

'O. Diolch,' meddai Tudur. Sychodd ei drwyn gyda llawes ei grys a rhoi'r hances yn ei boced. Roedd Prys wedi'i lapio ynddi.

Ochneidiodd Miss Cymen yn drwm. 'Awn ni i'r ystafell ddosbarth nesaf,' meddai.

Tudur Budr

Dechreuodd Dyfan gerdded yn frysiog.
Roedd Tudur yn dynn wrth ei sodlau. Roedd
yna ras wyllt tuag at y drws a chydiodd y
ddau yn yr handlen ar yr un pryd.

'Fi oedd yn gyntaf!'

'Na, fi!'

'Na, fi!'

Daeth Miss Cymen atynt. 'Fechgyn, fechgyn!
Rydw i'n gobeithio'n fawr nad ydym ni'n
ffraeo yn fan hyn,' meddai.

'O na,' gwenodd Dyfan. 'Roeddwn i'n
dweud wrth Tudur bod angen iddo roi ei grys
yn ei drowsus o'n daclus.'

Edrychodd Tudur y tu ôl iddo. Tynnodd
Dyfan y drws ar agor, gan wasgu Tudur y tu ôl
iddo.

Tudur Budr

'Ar eich ôl chi, Miss,' meddai Dyfan.

Gwenodd Miss Cymen arno.

'Diolch, Dyfan. Mae'n braf gweld bachgen ifanc mor fonheddig.'

PENNOD 4

Erbyn amser cinio roedd Tudur wedi blino'n
lân. Roedd bod yn gwrtais yn waith caled, yn
enwedig gyda Dyfan-Gwybod-y-Cyfan yn
ceisio cael y gorau arno byth a beunydd.
A rŵan, roedd hi'n edrych yn debyg iawn ei
fod am gadw cwmni i Miss Cymen dros ginio.

Wrth iddynt groesi'r neuadd, prin y gallai
Tudur gredu'r hyn a welai. Doedd dim un

Tudur Budr

plentyn yn y ciw cinio yn gwthio nac yn cwffio. Doedd neb yn rhedeg, neb yn ffraeo a neb yn saethu pys ar draws yr ystafell. Roedd pawb yn bwyta'u cinio yn dawel ac yn gwrtais.

'Helô, Miss Cymen!' galwodd Dona, wrth iddynt gerdded heibio.

Llyncodd Tudur ei boer. Roedd tri o'i athrawon yn aros amdanynt wrth fwrdd wedi'i osod â lliain gwyn, glân a ffiol o flodau.

'Dewch i eistedd gyda ni,' meddai Miss Prydderch. 'Fe aiff Tudur i nôl eich cinio chi.'

'Gofala na fyddi di'n ei ollwng, Tudur!' sibrydodd Dyfan-Gwybod-y-Cyfan.

'Fe dria i beidio â'i ollwng ar dy ben di,' mwmialodd Tudur.

Eisteddodd Tudur gyferbyn â Miss Cymen a Dyfan-Gwybod-y-Cyfan, gan syllu ar y plât o

Tudur Budr

fwyd o'i flaen. Sbageti! Sut ar wyneb y ddaear oedd disgwyl iddo fwyta sbageti heb wneud llanast? Gwyliodd Miss Cymen yn troelli sbageti o amgylch ei fforc, a cheisiodd ei chopïo. Disgynnodd y sbageti yn ôl ar y plât cyn iddynt gyrraedd ei geg. Rhoddodd Dyfan ei law dros ei geg a sugno'n swnllyd ar ddarn o sbageti. 'Shlwwwwp!'

'Tudur!' meddai. 'Paid â bod mor ddigywilydd!'

Tudur Budr

Edrychodd pob athro i gyfeiriad Tudur.

'Ond . . . ddim fi wnaeth!' ebychodd Tudur, 'Fo wnaeth!'

Gwnaeth Miss Cymen sŵn twt-twtian. 'Paid â chario clecs, Tudur. Tydi hynny ddim yn beth neis iawn i'w wneud.'

Trodd Tudur i edrych ar Dyfan. Byddai wrth ei fodd yn stwffio'r sbageti i lawr ei gorn gwddw. Byddai'n hoffi cael tywallt llond jwg o ddŵr i lawr ei ddillad isaf. Ond roedd o eisiau'r tocynnau, ac roedd Miss Cymen yn ei wylio fel barcud. Wrth iddo godi'i fforc at ei geg, trawodd rhywun ei law yn erbyn ei benelin.

SBLAT! Glaniodd talp o'r saws ar y lliain bwrdd gwyn, glân.

'O Tudur, rwyt ti mor flêr!' gwawdiodd Dyfan. 'Edrycha beth wyt ti wedi'i wneud!'

Gwnaeth Miss Cymen sŵn twt-twtian unwaith eto.

Tudur Budr

'Ond ddim FI wnaeth!' gwaeddodd Tudur.

Rhythodd Miss Cymen arno.

Ysgyrnygodd Tudur a chrensian ei ddannedd. Roedd o am dalu'r pwyth yn ôl i'r sleigi bach dauwynebog.

Gyrrwyd Dyfan i nôl pwdin i bawb.

Goleuodd llygaid Tudur. Cacen siocled – ei ffefryn. Estynnodd am ddarn ohoni.

'Tudur, ble mae dy gwrteisi di?' meddai Miss Cymen. 'Dydyn ni ddim yn cymryd darn i ni'n hunain heb gynnig y plât i bawb arall yn gyntaf.'

Yn erbyn ei ewyllys, pasiodd Tudur y gacen o amgylch y bwrdd. Cymerodd Miss Prydderch damaid, a Miss Jones, a Mr Eirin. Gwyliodd Tudur yn bryderus wrth i'r gacen ddiflannu.

'O diar,' meddai Miss Cymen, gan gymryd darn. 'Dim ond un darn o gacen sydd ar ôl! Pa un ohonoch chi sydd am ei chael hi?'

Edrychodd Tudur ar Dyfan. Edrychodd Dyfan ar Tudur. Llygadodd y ddau ohonynt

y tamaid olaf o gacen siocled. Yna, gwnaeth
Dyfan rywbeth rhyfeddol – cynigiodd y plât i
Tudur.

'Cymera di hi, Tudur,' meddai gyda gwên
gawslyd. 'Does dim ots gen i, wir yr.'

Doedd Tudur ddim am ddisgyn i'r trap
hwnnw. 'Na, mae'n iawn Dyfan, dwi am i ti ei
chael hi.'

'O'r gorau, os wyt ti'n mynnu,' meddai
Dyfan. 'Mi fyddai'n bechod ei gwastraffu hi.'
Bachodd y darn olaf a chymryd cegaid fawr
ohoni. 'Diolch, Tudur.'

Tudur Budr

Syllodd Tudur arno'n gandryll. Roedd o wedi cael ei dwyllo! Wel, dyna ni, digon oedd digon. Dim mwy o gwrteisi. Roedd Dyfan yn gofyn am helynt. Fo oedd biau'r gacen siocled yna, roedd o wedi'i haeddu hi, ac roedd o am ei chael yn ôl. Estynnodd Tudur yn ddwfn i'w boced am ei hances. Roedd Dyfan yn rhy brysur yn siarad gyda Miss Cymen i sylwi ar law yn gwibio ar draws y bwrdd.

'Unrhyw eiliad rŵan,' meddyliodd Tudur. 'Pump, pedwar, tri, dau . . .'

Estynnodd Dyfan am y gacen a'i chodi i'w geg. Roedd yna rywbeth du arni.

'AAAAAA! Pry!' sgrechiodd Dyfan, gan ollwng y gacen ar y bwrdd.

'AAAAAA!' sgrechiodd Miss Cymen wrth i Prys lanio o'i blaen.

'Fe ga i o!' gwaeddodd Miss Prydderch. Cydiodd mewn llwy ac ymosod ar y pry.

Tudur Budr

CLEC! CLEC! CLEC! Neidiodd platiau a chwpanau i'r awyr. Neidiodd a sbonciodd Prys gyda phob ergyd, gan wneud hynny'n gyflym iawn o ystyried ei fod wedi marw.

Cydiodd Miss Jones yn y jwg ddŵr a'i gwagio dros y bwrdd. SBLASH!

Gorweddai Prys yn llonydd mewn pwll â'i goesau yn yr awyr.

'Ydi o wedi marw?' gofynnodd Miss Prydderch. Cododd y pry i'r awyr gerfydd un goes a'i astudio.

Tudur Budr

Torrwyd ar y distawrwydd wrth i rywun dorri gwynt. Trodd chwe phâr o lygaid i edrych ar Tudur. Roedd briwsion siocled o amgylch ei geg a gwên fodlon ar ei wyneb.

'Tudur!' meddai Miss Prydderch.

'Ym . . . Esgusodwch fi!' meddai Tudur, yn gwrtais. Estynnodd ei law. 'Ga i fy mhry yn ôl, plîs?'

Tudur Budr

Yn hwyrach y prynhawn hwnnw, aeth Tudur a phawb arall i'r neuadd. Roedd y foment fawr wedi cyrraedd pan fyddai Miss Cymen yn cyhoeddi enw enillydd y wobr. Gwyddai Tudur nad oedd ganddo unrhyw siawns o ennill – ddim ar ôl yr helynt amser cinio. Ond o leiaf roedd o wedi llwyddo i achub Prys o'r bin sbwriel. A ph'run bynnag, roedd gweld ymateb Dyfan-Gwybod-y-Cyfan pan ddaeth wyneb yn wyneb â Prys wedi bod yn well na derbyn unrhyw wobr. Doedd dim ots gan Tudur pwy fyddai'n ennill y wobr – cyn belled nad oedd Dyfan yn ei hennill.

'A'r enillydd ydi,' meddai Miss Cymen, 'Dyfan Powen.'

Ochneidiodd Tudur. Cerddodd Dyfan-Gwybod-y-Cyfan i'r blaen ac ysgwyd llaw

Tudur Budr

Miss Cymen. Estynnodd pawb eu gyddfau'n
hir i gael gweld beth fyddai'r wobr. Cyflwynodd
Miss Cymen amlen iddo. 'Gan dy fod bob
amser mor gwrtais, dwi'n siŵr y byddi di wrth
dy fodd gyda'r rhain. Dau docyn i'r
Amgueddfa Cwrteisi yn Llundain.'

Aeth Dyfan yn welw. Safodd yn geg-
agored, heb fedru dweud dim.

Pwysodd Tudur ymlaen. 'Cwrteisi, Dyfan,'
meddai. 'Fyddai hi ddim yn well i ti ddweud
diolch?'

SBWRIEL!

PENNOD 1

RWMBWL, RWMBWL SGRECH! SHWWSH!

Roedd rhywbeth yn cadw sŵn y tu allan i ffenestr ystafell wely Tudur. Eisteddodd i fyny yn ei wely. Roedd hi'n ddydd Sadwrn, hoff ddiwrnod Tudur. Dydd Sadwrn oedd diwrnod y biniau. Agorodd y llenni. Yn siŵr i chi, roedd yna lorri ludw ym mhen draw'r stryd. Petai o'n brysio, gallai fod yno mewn pryd.

71

Tudur Budr

Lawr grisiau, roedd ei fam yn gwneud paned o de yn y gegin.

'Bore da, Tudur . . .' Stopiodd yng nghanol ei brawddeg a syllu arno. 'Beth ar wyneb y ddaear wyt ti'n ei wisgo?'

Edrychodd Tudur ar ei ddillad. Gwisgai oferôls peintio ei dad, het wlanog a phâr o esgidiau glaw budron. Oedd, roedd yr oferôls braidd yn fawr, ond credai Tudur eu bod yn berffaith ar gyfer dyn bin.

Tudur Budr

'Mae hi'n ddydd Sadwrn,' meddai. 'Mae'n rhaid i mi helpu Ed gyda'r biniau.'

'O Tudur, ddim heddiw,' ochneidiodd Mam.

'Pam ddim?'

'Mae'r ffair haf bore 'ma, dwi ddim eisiau i ti faeddu.'

'Dyna pam mod i'n gwisgo'r rhain!' meddai Tudur, yn chwifio'i lewys hirion.

'A ph'run bynnag,' meddai Mam, 'rwyt ti'n rhy hwyr. Fe wnes i roi'r biniau allan neithiwr.'

'Ond fi sydd wastad yn gwneud hynny!' cwynodd Tudur.

'Mae'n ddrwg gen i, fe wnes i anghofio. Fe gei di ei wneud o'r tro nesaf.'

Rhythodd ar ei fam wrth iddi ddiflannu i fyny'r grisiau gyda'i phaned. Cododd Chwiffiwr ei lygaid oddi ar yr asgwrn yr oedd o'n ei lyfu i edrych ar Tudur. 'Sut fedrai hi anghofio?' gofynnodd Tudur. 'Fi sydd wastad yn rhoi'r biniau allan bob bore Sadwrn!'

Tudur Budr

Roedd Tudur eisoes wedi penderfynu mai dyn bin oedd o am fod ar ôl iddo dyfu'n hogyn mawr. Roedd o eisiau gwisgo siaced oren a menig mawrion, a chael dreifio bwystfil o lorri oedd yn rhuo fel draig. Yn bennaf oll, roedd o eisiau gweithio gyda mynyddoedd drewllyd, crychlyd a seimllyd o sbwriel. Roedd Tudur wrth ei fodd gyda sbwriel. Roedd ganddo bentyrrau ohono o dan ei wely. Cortyn, ffyn lolipop, bandiau rwber, papur fferins – roedd y pethau roedd rhai pobl yn eu taflu'n anhygoel!

Dechreuodd chwilio drwy'r droriau. Byddai'r dynion bin yno unrhyw funud. O'r diwedd daeth o hyd i'r hyn roedd yn chwilio amdano – bag bin mawr du. Y cyfan oedd ei angen arno rŵan oedd sbwriel i'w roi ynddo. Edrychodd Tudur o'i amgylch.

Taflodd liain sychu llestri i grombil y bag, bar o sebon, tun o fwyd cath a phentwr o'i

Tudur Budr

lythyrau ysgol (doedd neb byth yn eu darllen, beth bynnag). Ar eu holau, taflodd sliperi ei dad, ychydig o foron (ych!), blodfresychen (ych a pych!) a chylchgrawn merlota ei chwaer.

RWMBWL! RWMBWL! Roedd y lorri ludw ar ei ffordd. Heglodd Tudur hi i'r cyntedd gan lusgo'r bag ar ei ôl. Roedd hen flodau mewn pot wrth y drws ffrynt. Cododd Tudur ef yn ofalus, a'i daflu i'r bag gyda gweddill y sbwriel.

Tudur Budr

Safai'r bin ar y palmant. Dringodd Tudur i ben y wal ffrynt, fel y gallai gyrraedd caead y bin er mwyn ei agor a gollwng ei fag i mewn iddo. Edrychodd i mewn, gan anadlu'n ddwfn a llenwi'i ffroenau gydag arogl hyfryd llysiau wedi llwydo.

Yn un o gorneli'r bin, gwelodd rywbeth cyfarwydd. Ai ei gasgliad gwm cnoi oedd yno? Doedd bosib fod ei fam wedi'i daflu i'r bin sbwriel? Estynnodd i mewn i'r bin i geisio'i achub. Roedd bron â chyffwrdd y jar gyda blaen ei fysedd. Byddai'n rhaid iddo … 'AAAA!'

Roedd Tudur wedi disgyn yn bendramwnwgl i mewn i'r bin!

Tudur Budr

Roedd ei wyneb wedi'i wasgu yn erbyn rhywbeth meddal a gwlyb. 'Mmff! Help!'

'Iawn, boi,' meddai llais. 'Cael 'chydig o drafferth yn fan'na?' Gafaelodd pâr o ddwylo cryfion ynddo a'i dynnu allan, gan ei sodro ar ei draed.

'O diar!' gwenodd Ed. 'Bydd dy fam wrth ei bodd.'

Edrychodd Tudur arno'i hun. Roedd o'n edrych braidd yn flêr. Roedd yna rywbeth gwlyb a gludiog ar ei oferôls, oedd yn arogli'n debyg iawn i sôs coch. Brwsiodd ychydig o ddail te oddi arno a sythu ei het. Disgynnodd darn o groen tatws oddi arno. Cododd y jar gwm cnoi a'i ddangos i Ed.

'Roeddwn i'n edrych am hwn. Fy nghasgliad gwm cnoi ydi o,' eglurodd. 'Dwi'n gwneud arbrawf i weld beth sy'n digwydd pan mae'n mynd yn andros o hen.'

77

Tudur Budr

'A beth sy'n digwydd?' gofynnodd Ed.

'Mae o'n mynd yn galed ac yn blasu'n afiach,' meddai Tudur. 'Ydach chi eisiau trio ychydig?'

'Dim diolch,' gwenodd Ed. 'Mae'n rhaid i mi fynd yn fy mlaen. Wyt ti eisiau fy helpu?'

'Ydw plîs!' meddai Tudur. 'Dwi wedi dod â bag ychwanegol i chi heddiw.'

Cyflwynodd Tudur y sbwriel a gasglodd iddo. Gollyngodd Ed y bag yn y bin sbwriel a'i lusgo at y lorri ludw. Roedd Tudur wedi'i gyfareddu gan y lorri fawr yn agor ei cheg metal ac yn llyncu'r sbwriel. Estynnodd Ed ei law allan, ac ysgydwodd Tudur y faneg fawr.

'Gwaith da, boi,' meddai Ed. 'Wela i di'r wythnos nesaf.' Symudodd i lawr y ffordd, dan chwibanu.

'Hwyl!' galwodd Tudur.

PENNOD 2

Yn ôl yn y tŷ, chwibanai Tudur wrth roi bwyd ci ym mhowlen Chwiffiwr. Chwibanai wrth iddo dynnu ei oferôls ac eistedd i fwyta ychydig o frecwast.

'Tudur, plîs!' meddai Dad.

'Be?' meddai Tudur. 'Dim ond chwibanu ydw i.'

'Fydden i ddim yn ei alw fo'n chwibanu. Mae'n debycach i sŵn chwythu gwynt.'

Tudur Budr

'Wel, mae'n rhaid i mi ymarfer,' meddai Tudur. 'Sut yn y byd mae disgwyl i mi ddysgu chwibanu os na cha i ymarfer?'

Daeth Mam i'r gegin â golwg drafferthus ar ei hwyneb.

'Tudur, wyt ti wedi gweld fy nhrefniant blodau i? Fe wnes i ei adael o wrth y drws ffrynt bore 'ma.'

Rhewodd Tudur yn ei unfan, gyda'i fys yn y jam. 'Wrth y drws?'

Tudur Budr

'Ia, mae o ar gyfer cystadleuaeth yn y ffair haf. Fe wnes i dreulio oriau'n ei wneud o a r̂wan, mae o wedi diflannu. Wyt ti'n siŵr nad wyt ti wedi'i weld o?'

'Fi? Ym . . . na.'

'Wyt ti'n teimlo'n iawn? Rwyt ti'n edrych braidd yn welw.'

'Dwi'n iawn,' meddai Tudur. Doedd o ddim yn teimlo'n dda iawn fwya sydyn. Cofiodd am y pot o hen flodau wrth ddrws y ffrynt. Cofiodd ei roi yn ei fag sbwriel. O na – mae'n rhaid bod y lorri ludw wedi'i fwyta. Wedi meddwl, roedd ei fam wedi bod yn parablu am y gystadleuaeth yma ers wythnosau. Mrs Melys drws nesaf oedd yn ennill y wobr gyntaf bob blwyddyn, ond eleni, roedd mam Tudur yn meddwl fod ganddi siawns dda o'i churo . . . Sut oedd Tudur i wybod mai ei blodau hi oedd y rhai wrth y drws? Roedden nhw'n edrych ar farw!

Tudur Budr

Cododd oddi wrth y bwrdd bwyd a sleifio tuag at y drws.

'I ble rwyt ti'n mynd?' gofynnodd Mam. 'Dwyt ti ddim wedi gorffen dy frecwast.'

'Mae angen i mi wneud rhywbeth.'

'A be ydi hwn dros oferôls dy dad?'

'Sôs coch. Fe ges i ddamwain fach.'

'Tudur . . !'

Ond roedd Tudur wedi'i heglu hi drwy'r drws. Os oedd o'n bwriadu cael y blodau yn eu hôl, roedd yn rhaid iddo wneud rhywbeth yn gyflym.

PENNOD 3

Pwysai Tudur dros flaen ei feic, gan bedalu'n gynt na'r gwynt. Llamai Chwiffiwr y tu ôl iddo, yn ceisio'n galed i gadw wrth ei ochr. Efallai ei fod eisoes yn rhy hwyr. Hyd yn oed petai o'n llwyddo i ddal i fyny gyda'r lorri ludw, sut yn y byd oedd o am gael y blodau yn ôl? Roedd Ed wedi dweud wrtho fod y lorïau lludw yn mynd a'u llwythi i domen enfawr.

Tudur Budr

Hwyrach y byddai Ed yn gadael iddo chwilio a chwalu trwy'r mynyddoedd o sbwriel yno? Roedd Tudur wrth ei fodd gyda'r syniad hwnnw. Ond ar waelod y stryd doedd, yna ddim golwg o Ed na'r lorri. Erbyn hyn, gallent fod filltiroedd i ffwrdd. Gwibiodd yn ei flaen i gyfeiriad y parc a gwasgu'r brêc ar y gornel. Yno, wedi'i pharcio gan metr i ffwrdd, roedd y lorri ludw.

'Hei!' galwodd Tudur. 'Hei, arhoswch am funud!'

Roedd y lorri'n dechrau symud yn araf. Cyflymodd, troi'r gornel a diflannu o'r golwg. Edrychodd Tudur ar Chwiffiwr, a ollyngodd ei glustiau mewn cydymdeimlad.

Roedd hi ar ben arno. Roedd Mam yn siŵr o sgrechian arno. Byddai Dad yn gweiddi. Byddai'n cael ei yrru i'w ystafell wely am filoedd o flynyddoedd.

Tudur Budr

'Tudur, ai ti sydd yna?' galwodd Mam wrth
iddo sleifio i mewn trwy'r drws.

'Na,' atebodd Tudur.

'Rydw i eisiau gair hefo ti. Rŵan.'

Llusgodd Tudur ei hun i'r gegin â'i ben yn ei
blu, lle roedd Mam, Dad a Siwsi'n aros
amdano. Gallai weld o edrych ar eu
hwynebau ei fod mewn trwbwl.

Tudur Budr

'Ble mae fy sliperi i?' meddai Dad.

'Ble mae fy *Merlod Misol* i?' gofynnodd Siwsi.

'A beth wyt ti wedi'i wneud gyda fy nhrefniant blodau i?' mynnodd Mam gael gwybod.

'Fi? Pam mai fi sydd wastad yn cael y bai?' protestiodd Tudur. 'Ddim fy mai i ydi o os ydi pawb yn colli pethau!'

Plethodd Mam ei breichiau. 'Edrycha arna i, Tudur. Dyweda'r gwir. Wnest ti rywbeth gyda'r blodau?'

Ceisiodd Tudur edrych ar ei fam.

'Hwyrach mod i wedi . . . ym . . . rhoi nhw i rywun,' mwmialodd.

'Fe wnes i ddweud wrthoch chi, yn do?' meddai Siwsi.

'Eu rhoi nhw i bwy?' holodd Mam, yn benderfynol o gael gwybod y gwir.

Ceisiodd Tudur feddwl am ateb. Roedd o

Tudur Budr

eisiau dweud y gwir ond doedd o ddim eisiau dweud ei fod wedi rhoi'r blodau yn y lorri ludw. Erbyn hyn roedden nhw fwy na thebyg wedi'u claddu o dan chwe throedfedd o glytiau a bresych.

'Fe wnes i eu rhoi nhw i . . . Nain!' meddai, wedi cael ysbrydoliaeth fwyaf sydyn.

'I Nain? Pam ar y ddaear wnest ti hynny?'

'Mae hi'n hoffi blodau,' meddai Tudur. 'Mae hi'n hoffi eu harogli nhw ac ati.'

Edrychai Mam yn amheus. 'A pryd wnest ti hyn?'

'Bore 'ma,' meddai Tudur. 'Fe wnes i eu

Tudur Budr

gweld nhw wrth y drws a meddwl y bydden
i'n eu rhoi nhw i Nain i godi'i chalon hi.'

Syllodd ei deulu arno. Doedd Tudur erioed
wedi rhoi blodau i neb o'r blaen. Ar y llaw
arall, roedd o'n aml iawn yn gwneud y pethau
rhyfeddaf. Meddalodd wyneb ei fam ychydig.

'Wel roedd hynny'n garedig iawn, Tudur,
ond rydw i eisiau'r blodau yn ôl. Mae'n rhaid
iddynt fod yn neuadd yr eglwys erbyn deg o'r
gloch. Mi ffonia i Nain i adael iddi wybod beth
sydd wedi digwydd.'

Estynnodd am y ffôn.

'Na!' meddai Tudur yn sydyn. 'Galwa i
heibio hi iddi i'w nôl nhw! Bydd hynny'n gynt.
Mae'n siŵr y bydd hi wedi gorffen eu harogli
nhw erbyn rŵan, beth bynnag.'

Tynnodd Mam ei llaw oddi ar y ffôn. 'O'r
gorau, ond mae'n well i ti frysio. Os colla i'r
gystadleuaeth yma, mi fyddi di mewn dŵr
poeth.'

Tudur Budr

Cychwynnodd Tudur ar ei daith gyda
Chwiffiwr yn rhedeg wrth ei ochr. Ar waelod
y stryd, eisteddodd ar wal i feddwl. Beth yn y
byd oedd o am ei wneud rŵan? Roedd tynnu
enw Nain i'r stori wedi gwneud y broblem yn
waeth o lawer. Rŵan, roedd
Mam yn disgwyl iddo
ddychwelyd hefo'i hen
drefniant blodau gwirion.
Syllodd yn ddigalon ar
Chwiffiwr, oedd yn
ffroeni o amgylch yr
ardd y tu ôl iddo.
Roedd y tŷ yn wag
a'r ardd wedi
gordyfu, yn
orlawn o chwyn tal.
   Yn sydyn, cafodd Tudur syniad
penigamp. Pam na allai wneud ei drefniant
blodau ei hun? Byddai hynny'n hawdd!

Tudur Budr

Roedd yna gannoedd o flodau yn fan'ma, a'r
rheini'n flodau nad oedd neb eu hangen.

Y cyfan oedd angen iddo'i wneud oedd pigo
llond llaw ohonynt, eu taflu mewn potyn a'u
cofrestru ar gyfer y gystadleuaeth. Petai o'n
mynd â nhw i neuadd yr eglwys ei hun, efallai
na fyddai ei fam yn dod i wybod y gwir
o gwbl.

Hanner awr yn ddiweddarach, roedd Tudur
yn gweithio ar ei gynllun. Roedd y trefniant
newydd o flodau wedi cyrraedd y neuadd yn
saff. Brysiodd adref i rannu'r newyddion da
gyda'i fam.

PENNOD 4

Roedd y ffair haf yn ei hanterth pan gyrhaeddodd Tudur a'i deulu. Crwydrodd o amgylch y stondinau gyda Chwiffiwr ar ei dennyn. Roedd yno stondinau'n gwerthu planhigion a jam cartref ond dim byd o ddiddordeb i Tudur. Am ryw reswm, roedd Chwiffiwr yn swnian ac yn mynnu ei dynnu yn ôl i gyfeiriad bwrdd y blodau.

Tudur Budr

Roedd Mrs Melys yn sefyll wrth y bwrdd yn siarad gyda mam Tudur. 'Does gen i ddim syniad beth fydden i'n ei wneud petawn i'n ennill eto,' dywedodd. 'Byddai gen i gymaint o gywilydd.'

'Mi fedra i ddeall hynny,' meddai mam Tudur. 'Pa un ydi'ch un chi felly?'

'O, y ffiol fach acw o lilis,' meddai Mrs Melys, gan bwyntio i gyfeiriad trefniant o flodau melyn oedd yr un maint â thŵr. Tawelodd ei llais a phwyntio. 'Fedrwch chi

Tudur Budr

gredu mewn difrif calon fod yna rhywun wedi meiddio â chystadlu gyda'r llanast erchyll acw?'

Edrychodd Tudur ar y 'llanast erchyll', sef potyn â chrac mawr ynddo, gyda dant y llew, glaswellt a brigau yn pwyntio i bob cyfeiriad. Yn eu canol, roedd yna rywbeth a edrychai'n debyg iawn i asgwrn.

'A dweud y gwir,' meddai Tudur, yn uchel, 'dwi'n meddwl mai'r trefniant acw ydi'r gorau ohonynt i gyd.'

Tynnodd Mam Tudur i un ochr. 'Tudur, ble mae fy nhrefniant blodau i? Fe ddywedaist ti dy fod di wedi dod ag ef yma dy hun.'

Tudur Budr

'Ym . . . fe wnes i,' meddai Tudur. Yn ffodus, ar y foment honno, torrwyd ar ei draws gan un o'r beirniaid.

'A ga i eich sylw chi i gyd? Rydym ni ar fin cyhoeddi canlyniadau'r gystadleuaeth trefnu blodau,' taranodd.

Fe aeth yr ail wobr i Mrs Melys, a oedd yn ceisio'n galed iawn i beidio ag edrych yn siomedig. Fe aeth y wobr gyntaf i Mrs Preis am ei bowlen o rosod.

'Yn olaf,' meddai'r beirniad, 'y wobr am yr arddangosfa fwyaf gwreiddiol. Eleni, rydym yn teimlo fod yna un ymgeisydd wedi llwyddo i gyfleu ein thema ni o "Fyd Natur" yn hyfryd.'

Aeth y beirniad at botyn o flodau a'i godi i'r awyr. Trefniant Tudur oedd o. 'Yr enillydd,' meddai, 'ydi Mrs Llwyd.'

'Ni, felly!' gwaeddodd Tudur, wedi'i gyffroi'n lân. Tynnodd Chwiffiwr ar ei dennyn a chyfarth yn swnllyd, wrth geisio cyrraedd ei asgwrn.

Tudur Budr

Edrychodd Mam ar Tudur ac yna troi i edrych mewn arswyd ar y potyn blêr o chwyn yr oedd y beirniad yn ei ddal. 'Tudur, nid fy nhrefniant blodau *i* ydi hwn,' hisiodd.

'Na,' cyfaddefodd Tudur. 'Roedd yn rhaid i mi wneud ychydig o ym . . . newidiadau.'

'Dos yn dy flaen,' sibrydodd Dad wrth Mam. 'Mae pawb yn aros.'

Camodd Mam ymlaen i dderbyn ei gwobr, a'i hwyneb fymryn yn binc.

'Dywedwch wrtha i,' meddai'r beirniad. 'O ble gawsoch chi'r syniad o ddefnyddio asgwrn? Mae'n hynod o wreiddiol.'

Taflodd Mam olwg gas i gyfeiriad Tudur. 'O, syniad y mab 'cw oedd o mewn gwirionedd. Mae o'n gallu gwneud cawl o unrhyw beth.'

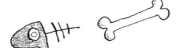

Tudur Budr

'Dydw i erioed wedi teimlo cymaint o gywilydd yn fy mywyd,' cwynodd Mam ar y ffordd adref. 'Roedd Mrs Melys yn edrych fel ei bod ar ffin ffrwydro.'

Doedd Tudur ddim yn deall pam ei bod hi'n cwyno. Wedi'r cwbl, roedd hi eisiau ennill gwobr ac roedd hi wedi gwneud hynny. Dylai fod yn ddiolchgar! Roedd hi wedi ennill offer garddio, yn cynnwys pâr mawr o fenig garddio gwyrdd. Roedd Tudur yn eu gwisgo rŵan. Roedden nhw'n berffaith ar gyfer dyn bin.